LAS LÁGRIMAS DE XÓCHITL

Cover art by Ana Vasileva
Chapter art by Virginia Hildebrandt

Copyright © 2016 One Good Story, LLC
Written by Virginia Hildebrandt

2nd Edition♥

All rights reserved.
No part of this book may be reproduced or transmitted in any
form or by any means, electronic or mechanical, including
photocopying or recording in any form, nor may it be digitally
held by any system of information storage or retrieval system
without explicit permission in writing from the author.

ISBN: 978-0-9967742-1-5

D1056286

Acknowledgments

I would like to thank Dave & Cheryl Watson and World Ventures for running into me in Guatemala, for not taking no for an answer and for blessing me with a wonderful bottle school experience. The village of Los Cerritos provided the backdrop in my mind for this story. Although far from geographically perfect, the heart and soul of its people are truly represented.

Building a bottle wall

Bottles
Students and volunteers stuff the plastic bottles with plastic bags and other insulating trash. More bags fill in the gaps between bottles.

Chicken wire
The bottles were bound between layers of chicken wire, which are attached to a metal frame.

Concrete
Up to three layers of cement mixed with sand were applied to the outside of the bottles, with orange paint adding the finishing touch.

What is a Bottle School?

Bottle schools are schools built using plastic bottles stuffed with inorganic trash. The foundations, columns and beams are made from concrete reinforced with re-bar. The difference with traditional construction is that instead of concrete blocks, the walls are made using "eco-bricks": filled plastic   bottles.

Bottle schools are much cheaper to build than traditional school construction. But the broader benefits are that they clean up the environment, teach lessons about environmental sustainability, and involve the entire community in their construction resulting in a sense of pride and ownership.

A note to the reader:

Although closely based on some of my own experiences, the village, families and events in this story are fictional. I take the liberty to blend real with imagined, ideology with fantasy and take inspiration from throughout rural indigenous landscape. The fictional characters are given the hopes, dreams and disappointments that transcend the human experience.

Las lágrimas de Xóchitl is the first in a set of two. This book takes Xóchitl through some difficult times and provides essential background for what lies ahead.

This book is written mostly in the present tense and is designed for novice-low/mid readers or level 1-2 students. Ancillary resources and audiobook are available at 1goodstory.net.

Los sueños de Xóchitl continues the story which holds some big surprises, unravels a mystery and presents Xóchitl with the most thrilling challenge of her life. This book uses the vocabulary structures found in Las Lágrimas de Xóchitl and has a glossary and extensive footnotes to support independent reading.

This book is written mostly in the past tense and is also designed for novice-low/mid readers or level 1-2 students. Ancillary resources are available at 1goodstory.net.

About the author:

Accidental circumstances are my favorite travel companions. I can always count on them to show up, they just don't like to tell me when or where it will be. Although my stories are often derived from accidental circumstances, they are written with careful intent.

A good story should reflect the hopes, dreams, struggles, joys and mundane realities of the human experience, all of which is woven together by cultural perspective. My intention is to invite the reader into the hearts and lives of the characters, where the delicate equation of perception and accidental circumstance meet.

Guatemala, el corazón del mundo maya, es un país lleno de belleza y magia. Se ve la extraordinaria riqueza natural en sus verdes montañas y ríos que emergen entre volcanes y selvas semi–tropicales. Desde las zonas arqueológicas hasta los pueblos rurales se puede ver la influencia de la antigua cultura indígena.

Único con dos miradas

Origen de la dualidad, de los contrarios

Tri-dimensionalidad: el pasado, el presente y el futuro

Los cuatro puntos cardinales

El equilibrio

Los cuatro elementos: fuego, tierra, agua y aire más el Corazón del Cielo y Corazón de la Tierra

La energía de la naturaleza en oposición al orgullo, a la ambición excesiva, mentira, ingratitud, ignorancia y envidia

Dos veces cuatro representa la doble totalidad, como la base de una pirámide

Las nueve lunas de fertilidad son los cuatro colores del maíz más las cinco condiciones de la vida humana: individuo, familia, entorno social, naturaleza y universo

La universidad, el balance de la luna, la suerte y el destino

Capítulo Uno

Xóchitl tiene un secreto. En una casa tan pequeña es difícil tener un secreto. Hay dos cuartos en la casa; una cocina donde preparan la comida y comen, y un cuarto para dormir.

La cocina tiene una mesa y unas sillas donde se sientan para comer y hablar. La cocina es el lugar donde Xóchitl puede leer, estudiar o hacer las matemáticas porque hay luz. El otro cuarto no tiene luz. Es el cuarto para dormir, nada más. Toda la familia duerme en un cuarto, así es difícil tener un secreto.

Aunque solamente tiene catorce años, Xóchitl es muy responsable. Cuando su mamá no está en casa, es su responsabilidad preparar el almuerzo para la familia y cuidar a los hermanitos. Pero hoy ella no puede prestar atención en las responsabilidades de la casa. Mientras sus hermanos menores juegan fuera de la casa, la cabeza de Xóchitl está en otro mundo.

Su cabeza no está en su pueblo en Guatemala, está en las calles de Los Ángeles. Desde el momento en cuando su amiga le dio las revistas americanas, Xóchitl ha estado completamente fascinada. Para Xóchitl las revistas son irresistibles… absorben su atención completamente. Solamente quiere ver las fotos de la ropa americana y leer la información sobre las personas famosas.

Está completamente absorbida por las revistas cuando su hermano entra la casa. Inmediatamente Xóchitl se levanta y pone las revistas en la silla. Se sienta rápidamente para cubrir el secreto.

Su hermano, Atzin, llega a casa para comer. Es mediodía y él tiene hambre. Atzin tiene que comer porque él necesita energía. Después de almorzar Atzin regresa al campo donde trabaja toda la tarde. Él tiene que trabajar mucho para ayudar a la familia.

Atzin es el hermano mayor, pero Xóchitl también ayuda a la familia.

Es su responsabilidad cuidar a los hermanos menores y preparar las tortillas y frijoles. Pero hoy cuando Atzin llega, no hay

comida en la mesa. Hoy Xóchitl no prepara la comida porque mira las revistas. Le gusta ver las fotos de la ropa americana y leer los artículos en inglés. A veces las revistas toman su atención y Xóchitl no piensa en el trabajo de la casa.

Hoy cuando Atzin entra la casa, Xóchitl está sentada en la mesa. No hay comida en la estufa. No hay comida en la mesa. No hay nada en la mesa. Atzin está confundido y le dice:

—¿Qué haces? ¿Qué hay de comer?

Xóchitl no se levanta. No quiere revelar su secreto, pero sabe que su hermano tiene mucha hambre. Sabe que Atzin trabaja mucho y está cansado. Atzin necesita comer. Los hermanos menores juegan fuera de la casa. La niña pequeña llora y los otros gritan:

—¡Xóchitl! ¿Dónde estás?

En este momento Xóchitl no tiene otra opción. Se levanta muy despacio y le enseña las revistas a su hermano mayor.

—¿Qué tienes? ¡Ay, Xóchitl! Es importante ayudar a la familia. No hay tiempo para ver fotos de muchachos famosos.

—¡Pero, es increíble verlas, Atzin! Mi amiga Elvia me las dio. ¡Mira! Esta revista se llama Sixteen y la otra es M.

—¿M? ¿La letra "m"? En serio, Xóchitl…

—Sí, yo sé, pero mira. ¡Es fantástica! Elvia las compra en la Ciudad de Guatemala. Me encanta verlas… es más interesante que la vida de nuestro pueblo.

Xóchitl se pone triste. Ella sabe que es más importante cuidar a los niños y preparar la comida para la familia que pensar en otras cosas. Está triste porque quiere conocer el mundo fuera de los límites de su pueblo. La vida dentro de los dos cuartos de su casa y los senderos del pueblo pequeño no es suficiente.

Capítulo Dos

La mayoría de la gente rural se considera indígena. Indígena quiere decir que la persona tiene ancestros indios o nativos a la tierra de Guatemala. Los grupos de mayas forman la población nativa de esta región.

La gente indígena vive una vida muy diferente. Unos hablan español pero muchos solamente hablan uno de los idiomas indígenas. Los idiomas vienen de la lengua Maya como Quiché, Kaqchikel y Mam. Se hablan más de veintidós lenguas indígenas en Guatemala.

La ropa de los indígenas también es diferente. Es ropa tradicional. Una cosa interesante es que se puede saber el pueblo de la persona porque cada pueblo tiene sus propios colores y diseños específicos. Cuando personas de muchos pueblos diferentes vienen al mercado, por ejemplo, es fácil saber dónde vive cada persona por la ropa que lleva. La ropa indica el pueblo de donde viene la persona.

Las chicas y mujeres indígenas llevan una camisa con una falda. La blusa o camisa se llama huipil y es muy especial. Los huipiles son de muchos colores… los colores específicos del pueblo. Los chicos también llevan una camisa del color del pueblo con un pantalón típico. La ropa indígena es impresionante también porque es hecha a mano.

Los habitantes de los pueblos mantienen las tradiciones indígenas. Es una vida linda pero no es una vida fácil. Las personas de los pueblos son pobres. No tienen mucho dinero. No compran cosas que no necesitan. No tienen mucha ropa o zapatos. Los vecinos del pueblo ayudan uno al otro cuando hay problemas.

Los hombres y los muchachos trabajan en los campos de cultivo. Las mujeres y las muchachas trabajan en casa donde preparan la comida y cuidan a los niños pequeños. Xóchitl piensa que su vida es aburrida, pero sabe que su vida no es diferente a las otras muchachas del pueblo.

Pero, también Xóchitl sabe que su vida es muy diferente a las vidas de los jóvenes que viven en la capital. Xóchitl no conoce a la Ciudad de Guatemala. Su libro de texto de ciencias sociales tiene mucha información sobre la historia de Guatemala. A ella le encanta leer y aprender sobre su país y el mundo fuera del pueblo pequeño donde vive.

La capital es una ciudad moderna y la vida es rápida. Hay tanta tecnología como en los Estados Unidos. Los jóvenes se comunican por Twitter, Snapchat, Instagram, WhatsApp, mensajes de texto, o correo electrónico. Todas las personas hablan español y hoy en día, muchas personas hablan inglés también.

Cuando los jóvenes van a la escuela llevan uniformes, pero cuando están en casa llevan vaqueros o jeans con camisetas de Nike, Abercrombie, Hollister, Aeropostale, Gap, etc. Llevan ropa similar a la ropa que llevan las personas que viven en los Estados Unidos. No es diferente. Pero lejos de la ciudad, es muy diferente.

Por todo el país se encuentran pueblos típicos donde vive gente indígena. Xóchitl vive en una región muy bonita porque está cerca de un lago grande, el Lago de Atitlán.

Hoy el pueblo donde vive Xóchitl se llama San Felipe, pero también se llama Balam, el nombre maya original. Es un pueblo antiguo en las montañas con vista al lago. Desde su pueblo se puede ver tres volcanes también. Los volcanes no son activos, pero son impresionantes porque tienen formas distintas. Observar el lago de Atitlán con los volcanes en la distancia es una vista increíble.

El libro de texto de Xóchitl dice que hay

muchos turistas que visitan la región, pero ella nunca los ve. Probablemente no los ve porque es difícil viajar a su pueblo. Es montañoso y no hay calles buenas que conectan los pueblos con la carretera principal. Es imposible ir en carro o en bus desde su pueblo hasta la capital. Para viajar a la ciudad o visitar otro pueblo alrededor del Lago de Atitlán, hay que ir en lancha. Una lancha es un bote.

Hay unas calles muy pequeñas entre San Felipe Balam y las otras comunidades alrededor del lago, pero no se usan mucho. Las calles no son buenas y la mayoría de las personas no tiene carros. Generalmente las personas van a pie de un lugar a otro. Los indígenas están acostumbrados caminar por la tierra montañosa. Pueden caminar todo el día cargando comida o cosas para la casa.

Cuando es necesario ir a un pueblo un poco lejos las personas usan tuk-tuks. ¿Qué es un tuk-tuk? No es bicicleta, no es motocicleta, y no usa gasolina.

Un tuk-tuk es un "autorickshaw". Es un vehículo motorizado de tres ruedas. Como un carrito de golf, el chofer empuja el pedal para usar la energía de la batería. Se los usan como un taxi. Los tuk-tuks son importantes a las personas de la región rural porque es la única forma de transporte público.

La vida de los indígenas es una vida muy tradicional. Los hijos ayudan a la familia con

la comida y la casa. No les piden muchas cosas materiales a sus padres. Están contentos y no quieren una vida complicada.

Capítulo Tres

Xóchitl y Atzin son los mayores de los cinco hijos. Hay tres hermanos menores. Teotl tiene ocho años y Mexit tiene seis años. La hermanita, Izel tiene solamente tres años. Es una familia grande. Los hijos de las familias indígenas no tienen mucho tiempo libre porque tienen muchas responsabilidades. No pueden pasar tiempo con amigos porque necesitan ayudar a sus padres.

Atzin tiene dieciocho años. No está mucho en casa porque trabaja todo el día en el campo de cultivo. En el campo, la gente del pueblo cultiva maíz para hacer tortillas. La tortilla es el "pan" de Guatemala. También cultivan tomates, frijoles, papas y otras verduras para comer o vender.

La mayoría de la comida viene de la tierra. No hay comida rápida en el pueblo. Es mucho trabajo preparar la comida porque las cocinas de las familias indígenas son muy rústicas y son básicas, no son modernas. No tienen agua. No tienen luz. Usan fuego para cocinar la comida y para tener luz. Dos o tres veces a la semana Xóchitl va con Mexit y Teotl a la orilla del Lago de Atitlán para traer agua y leña a la casa.

Los animales domésticos son importantes para gente del pueblo. Las vacas

y las cabras dan leche y las gallinas dan huevos. La familia de Xóchitl tiene siete gallinas,una vaca, y tres cabras. Las gallinas viven cerca de la casa en el pueblo. Atzin cuida la vaca, y las cabras que viven en el campo y Xóchitl cuida de las gallinas.

Cuidar de las gallinas es una responsabilidad importante porque la familia necesita los huevos. Cada mañana, Xóchitl les da comida y recoge los huevos. Cada noche, ella tiene que poner las gallinas en una jaula para protección. Las gallinas necesitan protección durante la noche porque a veces los animales de la montaña vienen al pueblo. Los animales salvajes pueden atacarlas y comerlas.

Cuando Atzin sale de la casa a las seis de la mañana, él camina con unos vecinos por el sendero que va desde el pueblo hacia arriba al campo de cultivo. Todos llevan una mochila pequeña con agua y tortillas... y un machete.

Es importante tener un machete en el campo de cultivo porque es muy útil para el trabajo. Las personas siempre van en grupos cuando caminan desde el pueblo hasta el campo de cultivo, porque la montaña puede ser peligrosa.

En las regiones rurales hay muchos peligros. Hay animales salvajes que atacan las cabras, gallinas, y de vez en cuando atacan a las personas. La gente indígena depende los unos de los otros. Es peligroso caminar solo por la montaña.

Capítulo Cuatro

La escuela de San Felipe Balam es muy pequeña. Es la única escuela dentro de cincuenta o sesenta kilómetros. Es un edificio blanco con dos cuartos. El cuarto donde se dan las clases se llama el aula. En una de las aulas se dan clases para los niños menores de doce años, y en la otra hay clases para los jóvenes mayores. Todos los jóvenes de esta comunidad que toman clases van a la misma escuela.

El edificio es rústico, no es moderno. Cada aula tiene una puerta y dos ventanas. No hay calefacción ni abanicos. Los pupitres son muy viejos y a veces no hay suficientes para todos los niños.

Las personas de San Felipe hablan Kaqchikel, un idioma indígena. En general la gente mayor no habla español. Son muy tradicionales y nunca van lejos de la comunidad. Para ellos, no es necesario aprender el español. Pero, por el contrario, casi todos los jóvenes hablan español. En la escuela usan libros de historia, matemáticas y ciencias en español. Los jóvenes saben hablar y leer español muy bien.

Es un privilegio especial tener la oportunidad de tomar clases. Muchos no tienen la oportunidad de ir a la escuela porque sus pueblos no tienen escuelas. Aunque el pueblo tiene una escuela, no todos los jóvenes pueden tomar clases. Para algunos, no es posible comprar los lápices y el papel necesario, y otros tienen que ayudar en casa o en el campo... pasar el día en la clase no es una opción.

Atzin no puede tomar clases porque tiene que trabajar en el campo de cultivo y cuidar los animales todos los días. Es imposible pasar tiempo en la escuela porque tiene que ayudar a la familia.

Los jóvenes que pueden tomar clases prestan mucha atención. Tienen mucho interés en aprender y recibir una educación. Unos también tienen interés en aprender inglés. Xóchitl es una muchacha curiosa y es muy inteligente. Quiere hablar inglés.

La escuela tiene dos maestras. Hay clases de lunes a viernes. La señorita Chel enseña la clase primaria, una clase para los niños pequeños. La señora Meza enseña las clases secundarias para los chicos que tienen más de doce años. Es una maestra buena, pero no habla inglés. Les da clases de historia y matemáticas en español. Xóchitl le pide tener lecciones en inglés, pero la maestra Meza no habla inglés.

Unas veces a la semana un profesor americano viene para enseñar inglés. El profesor de inglés es americano. Su nombre es Shawn Brown. Solamente viene a San Felipe Balam una o dos veces a la semana porque vive en la capital.

Él trabaja en el aeropuerto de la Ciudad de Guatemala, pero también les ofrece clases en inglés como voluntario cuando puede. Le gusta visitar la región del Lago de Atitlán y ayudar a la gente del pueblo. Es obvio que Shawn es muy dedicado porque no es fácil llegar a la escuela de San Felipe.

Para llegar al pueblo, el señor Brown tiene que tomar el bus desde la capital hasta la orilla del lago y cruzar el Lago de Atitlán en lancha. Cuando llega al muelle pequeño de San Felipe Balam, el profesor tiene que caminar hacia arriba por la montaña unos treinta minutos. No es un viaje muy largo, pero es difícil si hay mucho viento o si hay lluvia.

Las familias del pueblo saben que las visitas del señor Brown son muy importantes. Saben que aprender inglés es una oportunidad increíble para los estudiantes de San Felipe. Los días cuando hay clases de inglés, Atzin va al muelle para esperar la lancha del maestro.

Atzin camina con el maestro por el sendero desde el muelle hacia arriba a la escuela del pueblo. Es buena idea acompañar al maestro porque el viaje puede ser difícil y peligroso. Nadie quiere pensar en la posibilidad de un accidente.

Xóchitl quiere llegar temprano cuando el maestro de inglés viene a la escuela. Antes de salir de la casa, tiene que preparar las tortillas y cuidar las gallinas. Siempre se levanta temprano cuando hay clases de inglés. A veces Xóchitl puede estudiar un poco con el señor Brown antes de la clase. Habla inglés con el profesor Shawn cuando puede y busca palabras en el diccionario si no las comprende.

Después de las clases, unos estudiantes le piden un poco más tiempo a practicar inglés con Shawn. Él habla muy despacio y les ayuda a los alumnos con mucho interés. Él sabe que Xóchitl es muy inteligente y él le presta unos libros fáciles. Cada día Xóchitl lee los libros y practica el inglés.

Un día el profesor le dice a la clase que hay una competencia entre las escuelas pequeñas. Él les explica que el gobierno quiere motivar a los alumnos de los pueblos pequeños a estudiar inglés. Cada año el gobierno de Guatemala les ofrece un premio a los alumnos que pueden pasar el examen de inglés. Los que pasan el examen pueden ser alumnos en un colegio privado en la capital. Es un colegio bilingüe donde todos los maestros hablan inglés y les dan todas las clases en inglés.

Inmediatamente Xóchitl se pone muy emocionada. Quiere tomar el examen. Quiere tener la posibilidad de ganar el premio. Ella estudia mucho. Piensa que puede pasar el examen si estudia mucho. Xóchitl sabe que es muy importante leer los libros y practicar inglés en casa.

A veces hay mucho trabajo en la casa y Xóchitl no puede leer o estudiar en la mesa. En estos días Xóchitl tiene conversaciones en inglés con una persona imaginaria mientras lava los platos y piensa en inglés cuando prepara los frijoles. Siempre practica inglés cuando cuida a los hermanitos. A Xóchitl le gusta hablar inglés en casa para practicar y le responde a su madre en inglés. A veces su madre se enoja porque no comprende.

Capítulo Cinco

El día antes del examen Xóchitl está nerviosa. Estudia todo el día en la mesa de la cocina. Piensa tanto en el examen que no piensa en sus responsabilidades. Su madre le pregunta:

—¡Ay Xóchitl! ¿Por qué no preparas la comida? ¿No hay tortillas? ¿No hay frijoles?

—¡Tengo hambre, tengo hambre! —llora Izel.

Xóchitl se levanta y prepara las tortillas y frijoles para la familia. Practica los números en inglés cuando hace las tortillas. Estudia el vocabulario mientras cuida a Izel. Habla en inglés con una persona imaginaria mientras cocina los frijoles.

Durante las últimas horas del día, su madre y Mexit van al lago para traer agua. Teotl busca leña para traer al fuego. Atzin llega del campo de cultivo con maíz y tomates. La familia come, la luz del día se va, y la noche viene.

Después de las ocho de la noche todas las familias están dentro de sus casas. Hay silencio en el pueblo y no se ve nadie fuera de las casas. La familia de Xóchitl también está en la casa. Su madre y los niños se preparan para dormir en el otro cuarto. Xóchitl se prepara para estudiar en la cocina.

Xóchitl quiere leer los libros del señor Brown, pero no puede. La luz del fuego no es suficiente para iluminar las páginas. Xóchitl está muy nerviosa porque el examen de inglés es mañana. Piensa en el examen cuando su madre le grita:

—¡Xóchitl! ¡Las gallinas! ¿Por qué no están en la jaula? Ya llega la noche. ¡Es importante ayudar a la familia, las gallinas nos dan huevos! Una noche sin protección y...

—¡Sí, yo sé, mamá! —interrumpe Xóchitl con frustración.

—Yo siempre tengo que pensar primero en la familia. ¡Mis responsabilidades son más importantes que mi futuro, yo sé!

Xóchitl sale de la casa para cuidar las

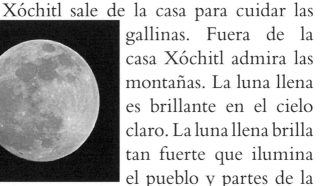

gallinas. Fuera de la casa Xóchitl admira las montañas. La luna llena es brillante en el cielo claro. La luna llena brilla tan fuerte que ilumina el pueblo y partes de la montaña. La luz de la luna le ayuda mucho a encontrar las gallinas. Xóchitl pone las gallinas en la jaula para pasar la noche. Es una noche muy linda afuera, pero Xóchitl regresa rápido a la casa para estudiar.

Al entrar en la casa Xóchitl se pone frustrada. Es obvio que la luz del fuego no es suficiente para leer. En solamente diez horas va a tomar el examen más importante de su vida. Xóchitl sabe que necesita estudiar más, pero es imposible porque la casa no tiene luz. No es posible ver las palabras de las páginas del libro. Ella piensa en el examen y entra en pánico.

Aunque la luna llena brilla tan fuerte que ilumina el pueblo, la casa está situada donde la montaña bloquea la luna y la luz no entra a la casa. La mesa de la cocina está llena de libros, pero Xóchitl no puede verlos. Atzin se sienta en la mesa con su hermana cuando ella empieza a llorar.

—Xóchitl, ¿Qué te pasa, hermanita?

—¡Ay, Atzin! Tengo que encontrar un lugar en donde pueda estudiar. El examen es mañana y si no leo y estudio esta noche no voy a pasarlo. La oportunidad me va a pasar y nunca...

Xóchitl no puede continuar. Ella llora y Atzin quiere consolarla. Él abraza a su hermana y le dice:

—Pobrecita, no llores. Yo te puedo ayudar. Llévate un suéter.

—¿Qué? ¡Atzin! ¿Qué idea tienes?

—Shhh... ¡Baja la voz! Tenemos que ir en silencio.

—Pero, ¿Adónde? Tenemos que decirle a mamá...

Atzin le interrumpe:

—¡No! ¿Eres idiota? ¿Quieres estudiar, o no? Tranquila, Xóchitl. Ven conmigo.

Con mucha prisa Xóchitl se pone un suéter, agarra sus libros y los pone en su mochila. En silencio los dos hermanos salen de la casa. El aire de la noche está frío porque el cielo está claro. La luna está llena y aunque la montaña bloquea mucho de su luz, el pueblo está iluminado.

Los hermanos caminan en silencio por el pueblo, desde su casa hasta el sendero que sube la montaña. Atzin le explica que arriba en el campo de cultivo no hay nada que bloquea la luz de la luna.

Caminan más de una hora hacia arriba en silencio. En la parte superior de la montaña, el sendero sale de los árboles y llega al campo de cultivo...donde la luz de la luna brilla e ilumina la tierra. Cuando llegan Xóchitl grita con alegría:

—¡Es increíble! ¡Es como mediodía! Hay tanta luz que puedo leer y estudiar bien. Es una vista fabulosa.

—La luna llena es muy bonita cuando el cielo está claro... y desde aquí se ven las estrellas con todo su esplendor. Es impresionante, ¿verdad?

—¡Sí! El cielo es absolutamente increíble.

—¿Piensas que son las mismas estrellas que se ven desde la capital? —le pregunta Atzin.

—No sé. —responde Xóchitl— Mi libro de texto dice que no se ven las estrellas desde las ciudades grandes... que las luces de los edificios grandes bloquean las luces de las estrellas.

—Es fácil comprender como nuestros ancestros inventaron el calendario maya. Dicen que toda la información está en el cielo, en las constelaciones.

Las estrellas brillan en el cielo y la luna llena ilumina la tierra. A Xóchitl le fascina mirar las constelaciones, pero en este momento tiene que poner su atención en sus estudios.

Ella se sienta en una roca grande y lee los libros en inglés por la luz de la luna, mientras Atzin camina alrededor del campo de cultivo buscando leña. Por más de una hora Xóchitl estudia.

Es una noche perfecta cuando Atzin interrumpe el silencio. Él grita:

—¡Cuidado Xóchitl! ¡Hay un animal! Atzin viene corriendo hacia ella, gritando:

—Yo vi un animal, pienso que es un jaguar. ¡Vamos! El animal está mirándonos desde allí.

Atzin señala a los árboles que rodean al campo. Xóchitl se levanta rapidamente y mira hacia los árboles. Ella también puede ver los ojos de un animal salvaje. Los ojos brillan en la luz de la luna.

—¡Ay Atzin! ¡Tengo miedo! ¿El animal va a atacarnos?

—No sé. ¡Vamos rápido! Yo no tengo un machete o un rifle, es muy peligroso estar aquí.

Xóchitl agarra su mochila y corre con Atzin. Bajan el sendero hacia el pueblo corriendo con terror. Cuando los hermanos llegan al pueblo hay personas fuera de las casas. Inmediatamente saben que tienen más problemas.

Su madre está fuera de la casa hablando con unas personas de la comunidad. Ella llora y les explica que sus hijos mayores salieron de la casa sin permiso, y que ella no sabe dónde están. Una persona le interrumpe y señala hacia el sendero:

—¡Allí están! ¡Mira!

Su madre corre hacia ellos y los abraza:

—¡Ay, mis hijitos! ¿Adónde fueron? No tienen permiso para salir de la casa en la noche. ¡Es peligroso!

—Pero, ¡Atzin me ayudó a estudiar, mamá! Es que allí arriba hay luz de la luna, y... —le explica Xóchitl.

Su madre se enoja:

—¡Atzin! Eres mayor... ¡Tú sabes que es peligroso ir al campo! ¿No piensas en los animales salvajes que viven en la montaña?

Todos regresan a la casa, pero Atzin no puede dormir porque piensa en los ojos del animal de la montaña.

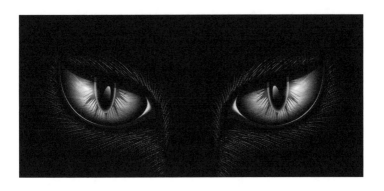

Capítulo Seis

Después de tomar el examen los alumnos tienen que esperar diez días para los resultados. Es difícil esperar, pero Xóchitl pone su atención en las tareas de la clase de ciencias sociales. Durante estos días, lee un capítulo muy interesante en el libro de texto sobre la cultura maya.

Lee de sus ancestros. Le interesa mucho la vida del antiguo maya, el calendario maya y la información que las constelaciones enseñaron a los mayas. Xóchitl ve una foto de un jaguar muy hermoso. En la cultura maya, el jaguar o B'alam, como los antiguos mayas lo llamaban, es el animal que cuida los campos y el maíz.

Para los mayas, el felino está relacionado con la noche y el sol nocturno. Cuando la luna está llena los jaguares son más activos. Lee que el jaguar es el animal más respetado por los mayas porque cuida el cultivo del maíz y da protección a la gente que trabaja en el campo.

Xóchitl piensa en la noche que pasó en la parte superior de la montaña. Quiere saber cuánto tiempo el jaguar pasó mirando desde los árboles.

Piensa que el jaguar que Atzin vio en el campo de cultivo, los miraba para dar su protección. Ahora Xóchitl sabe que el jaguar solamente quería cuidar de ellos.

Cuando Xóchitl lee libros interesantes, no piensa en los resultados del examen de inglés. Pero cuando no puede leer porque no hay luz, su cabeza solamente piensa en el examen:

«¿Voy a pasar? ¿Voy a ganar?»

La posibilidad de recibir una educación de un colegio privado en la ciudad es algo fantástico. El señor Brown dice que muchos de los maestros son americanos y todos hablan inglés. Xóchitl imagina una biblioteca llena de libros y computadoras.

La noche antes de saber los resultados del examen, Xóchitl está nerviosa y no puede dormir. Su cabeza está llena de imágenes del colegio bilingüe, exclusivo y moderno:

«¿Voy a pasar? ¿Voy a ganar?»

Toda la familia está en casa cuando un vecino toca la puerta con mucha urgencia. El señor les dice que hay unas cabras muertas en el campo de cultivo. Explica que probablemente los animales salvajes van a atacar más cabras o vacas esta noche y necesita la ayuda de Atzin.

—¡Ay, no, señor! —exclama madre con pánico.

—Mi hijo no puede ir a la montaña por la noche.Es muy peligroso.

—Vamos en un grupo, señora. Somos vecinos. Siempre ayudamos uno al otro... ¿Verdad?

Atzin se prepara muy rápido. Agarra su rifle y un machete, y le da un beso a la mejilla de su madre.

—No te preocupes, mamá.

Atzin sale de la casa y camina con el grupo de vecinos al campo de cultivo para dar protección a las vacas y cuidar los animales que viven allí. El grupo no puede caminar rápido porque es una noche oscura. La luna no está llena y es difícil ver el sendero que sube la montaña.

Hay silencio en el pueblo, pero Xóchitl no puede dormir. Se preocupa por Atzin en la montaña y piensa en los resultados del examen. En unas horas ella va a saber si pasó el examen o va a pasar el resto de su vida en San Felipe. Xóchitl se sienta en la mesa sola, mientras su madre y los hermanitos duermen en el otro cuarto.

Ya son las once de la noche cuando el vecino toca la puerta. Xóchitl se levanta rápidamente y abre la puerta. Un señor del pueblo está fuera de la casa con su hermano. Atzin no está bien.

—¡Ay, no! ¿Qué te pasó, Atzin? —exclama Xóchitl.

—Un animal me atacó en la montaña.

El señor ayuda a Atzin y lo pone en una silla. Xóchitl mira la cara aterrorizada de su hermano y grita:

—¡Pobre Atzin! ¿Qué animal te atacó?

—No sé exactamente. Un animal salvaje... me atacó y me agarró...

—Señor, ¿Vio usted el animal? —le pregunta Xóchitl.

—No. La luna no está llena esta noche. Cuando Atzin gritó, el animal corrió. —le responde el vecino.

—No te preocupes, hermana. Solamente necesito ponerme antiséptico.

El señor se levanta y se prepara para salir.

—Gracias, señor. Muchas gracias por ayudar a mi hermano.

—Estoy bien, Xóchitl, no te preocupes.

Pero, cuando llega la mañana Atzin no puede ir al campo de cultivo. Está enfermo. Tiene fiebre y duerme mucho. No puede levantarse. Ella piensa en la situación y se preocupa porque él necesita tomar medicina.

Atzin no está bien y el pueblo de San Felipe no tiene ni doctor ni una farmacia.

Hay silencio en la casa cuando, de repente, Atzin le pide con urgencia:

—¡Xóchitl! ¡Necesito un lápiz y papel!

—Está bien, pero… ¿Por qué?

Atzin no le responde. Xóchitl le da papel y un lápiz. Después de unos minutos Atzin exclama:

—¡Xóchitl, ven acá! Quiero decirte un secreto.

Xóchitl viene hacia la cama. Atzin le dice:

—Yo sé qué animal me atacó. ¡Mira!

Cuando Atzin le da el papel, Xóchitl lo mira con horror. Es la imagen de un animal feo y terrible. Atzin no es muy artístico, pero es obvio que es la imagen del animal que lo atacó.

—Ayyyyy! —grita Xóchitl en horror.

—Shhhh... Es un secreto, no puedes decirle a nadie.

—¡No, no puede ser! Es la fiebre que tienes, Atzin. No puedo imaginarlo.

—¡Shhh... Xóchitl! Estoy seguro. Es el chupaaa... pues... yo vi las cabras muertas, Xóchitl. Yo sé que no es un ataque normal.

De repente alguien toca la puerta. Unos vecinos del pueblo vienen a la casa. Quieren ayudar a Atzin y hablar del ataque. Todos vienen hacia la cama para hablar con Atzin.

Una señora le pregunta:

—¿Qué animal te atacó, Atzin?

—¡Mi hermano no sabe! —le dice Xóchitl rápido.

—¿Es verdad, Atzin? —le pregunta otro vecino.

—Sí, no lo vi. Pero, probablemente un jaguar.

—No es un ataque normal. El animal te agarró, y ahora estás enfermo con fiebre. No pensamos que es un ataque de un jaguar…

—Mi hermano no sabe. No sabe nada. Él no puede hablar, necesita dormir.

Los vecinos miran a Xóchitl con mucho interés y una señora le pregunta:

—¿Qué tienes en el papel, Xóchitl?

—¡No! ¡Nada! Señora, no es nada. ¡No tengo un papel… no es nada!

Xóchitl pone el papel en la silla y se sienta rápido.

—¡ADIÓS! —les dice Atzin desde la cama. —Yo tengo que dormir, pero gracias por la visita.

Cuando los vecinos salen, Xóchitl se levanta y agarra el papel de la silla. Corre hacia la cama y le pide con mucha emoción:

—¡Dime, Atzin! ¿Cómo se llama este animal?

—Xóchitl… es el chupacabras. Es muy peligroso. Es importante que no le hables de este animal a nadie. Es nuestro secreto.

43

Capítulo Siete

Cuando llega a la escuela todos los muchachos están dentro del aula, pero el profesor americano no está. Los otros alumnos también esperan los resultados del examen, pero nadie sabe dónde está el señor Brown. Cuando el profesor le da la clase de inglés, él siempre llega antes de las ocho de la mañana. Pero hoy no.

Los muchachos hablan mientras esperan al profesor. Unos piensan que el profesor Brown no va a venir a San Felipe hoy. Unos dicen que probablemente él tiene que trabajar en el aeropuerto, otros dicen que probablemente está enfermo.

Xóchitl se preocupa por el profesor Brown. Sabe que Atzin no puede ir al muelle. Nadie va a acompañar al maestro por el sendero desde el muelle hacia arriba a la escuela. Xóchitl abre su mochila y saca el papel. Mira la imagen del animal horrible que Atzin dibujó en el papel. Piensa en las posibilidades y los peligros de la montaña. Empieza a llorar cuando, de repente, el maestro llega.

Al entrar la clase, el señor Brown tiene una cara triste. Al ver la cara del profesor, Xóchitl sabe que los resultados no son buenos. Shawn les explica que el examen es muy difícil. Les dice que entre todos los pueblos solamente dos alumnos pasaron el examen.

Por un instante Xóchitl piensa que ella es uno de los dos alumnos que pasaron el examen. Pero el profesor les dice que ningún alumno de San Felipe pasó el examen de inglés.

Xóchitl grita y quiere llorar, pero dentro de la escuela todos los alumnos la escuchan y la miran. Xóchitl no puede llorar en este momento. No puede ir a la capital, no puede ser alumna en un colegio bueno y nunca va a hablar inglés bien. Xóchitl se pone muy muy triste.

El profesor Shawn también está muy triste. Todos los alumnos quieren consolar a Xóchitl, pero es imposible. Xóchitl sale de la escuela y corre rápido para la casa sola. Quiere estar en casa donde puede llorar y llorar. Pobre Xóchitl. Cuando entra la casa Xóchitl grita:

—¡No pasé el examen! ¡Nunca voy a tener otra oportunidad de aprender inglés!

Su madre quiere consolar a Xóchitl, pero no es posible. Xóchitl solamente puede llorar y llorar. Su madre le dice:

—El próximo año tú puedes tomar el examen otra vez. No te preocupes, mi hijita. Vas a tener otro año para estudiar y practicar. La próxima vez tú vas a pasar el examen.

Pero pobre Xóchitl no quiere escuchar. Solamente puede llorar y pensar en la oportunidad que nunca va a tener. Xóchitl está muy triste. No va a la escuela el próximo día. No regresa a las clases.

Ella pasa todos los días en la casa. Ayuda con el trabajo de la casa, pero no quiere estudiar. No quiere practicar inglés. No quiere leer libros ni en español ni en inglés. Xóchitl no tiene interés en regresar a la escuela. Siempre está en casa. Prepara la comida, lava la ropa y limpia la casa. Cuando sus hermanitos le piden lecciones en inglés, Xóchitl les dice que ella no sabe hablar inglés.

Capítulo Ocho

Atzin todavía está enfermo. Tiene fiebre y no puede ir al campo de cultivo. Es un tiempo muy difícil para la familia porque Atzin no puede trabajar. Cuando Atzin no trabaja, la familia no tiene comida. Xóchitl busca frijoles y arroz en la cocina, pero solamente encuentra un poco de maíz.

Xóchitl se preocupa mucho por Atzin. Ella sabe que él necesita medicina. Cuando va al lago para traer el agua, Xóchitl busca plantas medicinales en la orilla del lago para llevar a casa. Ella prepara medicina natural con las plantas para Atzin.

Xóchitl no regresa a la escuela. Ya no piensa en el examen ni en el colegio bilingüe. Se preocupa mucho por la familia. Atzin está enfermo y la familia tiene hambre. Cuando pueden, los vecinos les dan unos frijoles o

unas tortillas, pero no es suficiente para toda la familia. Izel llora mucho.

Un día Xóchitl prepara un té medicinal para su hermano cuando alguien toca la puerta de la casa. Xóchitl abre la puerta y está sorprendida de ver al señor Brown.

El maestro de inglés viene a visitarla y quiere motivarla para regresar a las clases. El señor Brown dice que todos los alumnos están preocupados por ella. Le explica que con otro año de estudiar inglés puede pasar el examen. Con una sonrisa grande el maestro le dice que para ella el examen va a ser muy fácil la próxima vez.

—Gracias, pero no puedo regresar porque tengo muchas responsabilidades en casa. —le dice Xóchitl.

—También llego hoy porque necesito saber una cosa. Tengo un problema, Xóchitl, es personal, pero pienso que tú me puedes ayudar. —le explica el maestro.

Atzin está en la cama en el otro cuarto, pero escucha la conversación con mucho interés. Xóchitl está un poco confundida y le responde:

—Ok. Le voy a ayudar si puedo. ¿Qué quiere saber?

—El día cuando llegué con los resultados del examen, llegué tarde. ¿Recuerdas?

—¡El día más importante que todos! ¿Por qué llegó usted tarde?

—Es que… pues, llegué tarde porque cuando caminaba solo hacia arriba para llegar a la escuela, yo vi animales. —le dice Shawn.

—¡Ay! ¿Vio usted animales en el sendero? ¿Qué le pasó? —le pregunta Xóchitl con curiosidad.

—Pues, no sé exactamente. Es que… no comprendo lo que me pasó. Solamente te puedo decir que yo vi un animal muy feo en el sendero. El animal horrible caminó hacia mí para atacarme, pero el momento en que el animal feo me iba a atacar… en ese momento exacto… llegó un jaguar y el animal horrible corrió. ¡El jaguar me salvó la vida! Es que… yo busco una explicación, Xóchitl.

Inmediatamente la imagen horrible del chupacabras llegó a su cabeza, pero Xóchitl escucha en silencio. El maestro continúa:

—Tú sabes que yo soy americano. Yo no sé nada de los animales que viven en las montañas de Guatemala, pero… este evento en el sendero… lo que me pasó… es imposible… ¿Verdad?

—Ah, no es imposible, maestro. —le dice Xóchitl.

—¿Huh? ¿Cómo puede ser posible?

—Los antiguos mayas decían que el jaguar es un animal que nos cuida. Es un animal que cuida el campo de cultivo y las personas que trabajan en el campo. Cuando usted viene a nuestro pueblo, usted viene a trabajar "en el campo". —le explica Xóchitl.

—Sí. San Felipe es un pueblo rural, entonces aquí se considera el campo. —le responde Sr. Brown.

—Pero San Felipe no es el único nombre que tiene el pueblo. Cuando los antiguos mayas vivían aquí el pueblo tenía el nombre "B'alam". Ahora se usa el nombre San Felipe, o San Felipe Balam. B'alam es la antigua palabra maya para el jaguar.

—Entonces, me dices que… ¿El jaguar me cuidaba en el viaje desde el muelle hasta la escuela? —le pregunta el maestro.

—Sí. Exactamente.

—Wow, Pero Xóchitl… ¿Cuál animal horrible vi? No sé si es un animal natural o un monstruo…

De repente Atzin entró a la cocina e interrumpió la conversación:

—¡Nadie sabe nada de los animales de la montaña en esta casa señor! Mi hermana no quiere escuchar historias de monstruos que atacan a las personas. Estoy enfermo. Usted tiene que salir.

Cuando Shawn sale de la casa, Xóchitl se pone furiosa y le grita a su hermano:

—¿Por qué le hablas así al profesor?

—¿Eres estúpida? ¡No puedes hablar del animal! Hay una recompensa para la persona que captura el chupacabras. La persona que puede capturar este monstruo va a ganar mil quetzales. Nuestra familia tiene hambre, Xóchitl… ¡YO voy a capturar el animal!

Capítulo Nueve

Los únicos días que Xóchitl sale del pueblo son los días del mercado. Ella va al mercado libre en Sololá cada viernes para vender los productos agrícolas. El mercado libre es un mercado grande. Cada viernes las personas de los pueblos vienen al mercado con sus productos. Van al mercado para comprar y vender. Llevan vegetales, frutas, artesanías, pan, dulces, y muchas otras cosas.

Venden los productos para ganar dinero. El mercado es importante para la gente indígena del Lago de Atitlán. En el mercado se pueden comprar tomates, aguacates, frijoles, naranjas, piñas, carne, pollo, leche, y arroz. También hay vendedores con sombreros, zapatos, ropa, y cosas para la casa.

A Xóchitl le gusta ir al mercado porque puede conocer a personas de los otros pueblos. Todos hablan idiomas indígenas. Muchas personas hablan Kaqchikel, pero otras hablan Quiché o Mam.

Le gusta hablar con toda la gente. Xóchitl ve a su amiga en el mercado. Su amiga Elvia vive en otro pueblo. Elvia habla español y Kaqchikel, y también quiere aprender inglés. Elvia es una muchacha popular y extrovertida. Ella siempre sabe las últimas noticias de los pueblos. Se dan besos en las mejillas y se abrazan.

—¿Cómo estás, Xóchitl? ¿Qué tal?

—¡No pasé el examen! Es horrible. Voy a vivir toda la vida en San Felipe. Nunca voy a estudiar en la ciudad. No me importa más el inglés. ¡No me importa nada! —grita Xóchitl.

—¡No hables así, Xóchitl! Hay otras oportunidades. —le dice su amiga.

Elvia quiere consolar a su amiga, pero cuando le da un abrazo, Xóchitl comienza a llorar otra vez.

—¡No llores! Pobrecita. No llores. ¿Dónde está mi amiga feliz? ¿No estás emocionada de tener una escuela nueva? —le pregunta Elvia.

—No comprendo. ¿De qué hablas? ¿Una escuela nueva? ¿Dónde? ¿En serio? —le pregunta Xóchitl.

—¡Es increíble! ¿No sabes las noticias? ¡San Felipe va a tener una escuela nueva! ¡Los voluntarios van a llegar la próxima semana! —exclama Elvia.

Xóchitl se sorprende y le responde con mucha confusión:

—¿Qué? ¿Voluntarios? No comprendo.

Elvia le explica a su amiga que una organización que se llama *Hug It Forward* viene a Guatemala para ayudar los pueblos pequeños. Los voluntarios vienen a Guatemala para construir escuelas. Es una oportunidad increíble para San Felipe.

—¿De verdad? —pregunta Xóchitl con anticipación.

—¡De verdad! San Felipe va a participar en el proyecto. La organización le da los materiales y los voluntarios. El pueblo no tiene que pagar porque las familias trabajan junto con los voluntarios. Van a construir un edificio nuevo, pero no es una forma de construcción normal. ¡Es una forma de construcción que usa basura y recicla el plástico! La ayuda de las familias del pueblo es una parte importante. –le explica Elvia.

–¿Cómo participamos? –le pregunta Xóchitl.

–Primero el pueblo tiene que coleccionar botellas de plástico de ocho onzas. El proyecto va a re-usar las botellas como material de construcción. La idea de reciclar las botellas de plástico para construir una escuela es excelente, pero también va a ayudar a limpiar el país. –dice Elvia.

—¡Es una idea increíble, porque hay tantos problemas con la basura! —exclama Xóchitl.

—Mi libro de texto dice que hoy en día muchos productos vienen en envases de plástico. La basura es un problema grande en los pueblos donde no hay ninguna manera de reciclar el plástico. Es muy triste porque Guatemala es un país hermoso, pero las calles y los lagos están llenos de basura.

Capítulo Diez

La calle de San Felipe está llena con la gente del pueblo cuando los voluntarios llegan. Todos están muy  emocionados a conocer a los voluntarios.

Es un grupo de quince personas de Minnesota. Son voluntarios de una iglesia que participa con la organización *Hug It Forward*. Juntos, las personas del pueblo y los voluntarios van a trabajar en la construcción de la escuela nueva. Todos están felices y llegan con mucho entusiasmo.

El segundo día de la construcción Xóchitl conoce a una de los voluntarios del grupo. Es una muchacha, una joven de su edad. Xóchitl está muy emocionada porque puede practicar inglés con ella. La chica mira a Xóchitl y sonríe.

–Hello. –le dice Xóchitl.

La muchacha americana se sorprende y le dice:

–Hi, wow! I did not expect anyone here to speak English. My name is Katie. I love your village. It's so cool! The mountains are amazing. We got here last night and had to stay out near the airport cuz our plane was so late. I hate Vuelta Airlines. They only gave us one bag of peanuts the whole flight.

Ridiculous, right? I was so starving when we finally got to Guatemala City. Yeah, so supposedly breakfast was included in the price of the room at the hotel, but it was like, you could like get, "desayuno típico" which I guess means "typical breakfast"... whatever, that looked completely gross. I'm so sure I'm gonna eat nasty looking beans and a tortilla. Whatever. So, I order the "American breakfast", right? So they bring it and... OMG, it was like hard toast, smelly eggs and something they said was bacon. Like I'm eating THAT? I mean, like why can't I just get a pop tart or something... anyway, this is really fun, right?

Xóchitl le sonríe y le responde:

—Oh, yes. Right.

Pero en realidad no entiende mucho.

Cada día durante la construcción, Xóchitl escucha a Katie para aprender inglés. Poco a poco Xóchitl entiende más. Cuando no entiende, le pide a Katie:

—Más despacio, por favor.

La construcción va muy rápido con tantas personas y muy pronto es posible ver la forma de la escuela nueva. El grupo de voluntarios y las personas del pueblo trabajan cada día.

Un día durante la construcción, el cielo cambia del color azul bonito a un color feo y gris. La lluvia viene, y Xóchitl le dice:

—Hoy llueve mucho, Katie. Es imposible trabajar hoy. ¿Quieres venir a mi casa? Te invito a pasar el día con mi familia. Allí podemos comer y hablar.

Katie está emocionada tener la oportunidad de conocer a la familia de Xóchitl. Katie se sorprende cuando ve la casa donde vive Xóchitl. La casa es muy pequeña y rústica. Katie no comprende cómo una familia tan grande puede vivir en una casa tan pequeña.

Cuando las chicas entran la casa, la madre está preparando la comida. La madre de Xóchitl le dice:

—Bienvenida, Katie. Nuestra casa es tu casa.

Katie mira la casa, pero no ve ningunos dormitorios. La casa tiene solamente dos cuartos. La familia cocina, come y pasa tiempo en un cuarto y duerme en el otro. Las chicas se sientan en la mesa. La madre les da comida. Katie mira la comida. Hay frijoles y tortillas. Es una comida típica.

Las muchachas se sientan en la mesa toda la tarde. Hablan de muchas cosas. Cuando Katie habla rápido Xóchitl entiende poco, pero cuando Katie habla despacio Xóchitl entiende mucho. A Xóchitl le gusta hablar con su amiga americana, pero se pone triste y le dice:

—I am sad because I did not pass a test.

Xóchitl le explica sobre la oportunidad que ofrece el gobierno de Guatemala a los estudiantes de los pueblos pequeños. Explica que el gobierno le da un premio al alumno que pueda pasar el examen de inglés.

El premio es la oportunidad de tomar clases en un colegio bilingüe en la Ciudad de Guatemala. Es increíble porque muchos de los maestros del colegio son americanos y todos hablan inglés.

Katie le responde:

—I am sad now too. Maybe you can come to Minnesota with me. You will like my school. All of the teachers there are American! You can stay in my house. You can be an exchange student!

Xóchitl está muy feliz y grita:

—¿De verdad? ¿En serio? Katie sonríe y le responde:

—I don't understand. Can you say that in English, please?

Xóchitl exclama:

—Really? Seriously? ¡Mamá, mamá! Katie me invitó ir a su casa en los Estados Unidos. Es fantástico, ¿Verdad?

Pero en este momento… el momento más increíble de su vida, su madre le interrumpe y dice:

—Lo siento, Xóchitl. No es posible. No tenemos dinero. No podemos pagar el boleto de avión. Cuesta mucho, somos pobres.

Xóchitl comienza a llorar y le dice:

—I'm sorry, Katie. Thank you, but I cannot come. I do not have money to pay for the airplane ticket.

glosario

A

a pie	on foot
a veces	sometimes
abanicos	fans
abraza	hugs
abrazarse	to hug each other
abrió	opened
acompañar	to accompany
acostumbrados	accustomed
aeropuerto	airport
afuera	outside
fuera de	outside
agarra	grabs
agarró	grabbed
aguacates	avocados
alegría	happiness
algo	something
alguien	someone
algún día	someday
allí	over there
alrededor	around
alumno	student
ancestros	ancestors
antes	before
antiguo	old, ancient
aprender	to learn
aquí	here
árboles	trees
arriba	up, upward
arroz	rice
artesanías	handmade goods

atacó	attacked
atacarlas	to attack them
ataque	the attack
aterrorizada	terrorized
aulas	classrooms
aún	even
aunque	even though
avión	airplane
ayuda	help

B

baja	lower, go down
basura	garbage
besarse	to kiss each other
beso	kiss
bilingüe	bilingual
boleto	ticket
botellas	bottles
brilla	shine
busca	looks for

C

cabras	goats
cada	each, every
calefacción	heat
calles	streets, roads
cama	bed
caminó	walked
campo de cultivo	farm field
cansado	tired
cara	face
cargando	carrying, hauling

carne	meat	**D**	
carretera principal	main highway	dan	they give
casi	almost	de repente	suddenly
cerca de	near	¿de verdad?	really?
chupacabras	chupacabras	de vez en cuando	now and then
cielo	sky	decía	was saying
ciudad	city	decir	to say, to tell
claro	clear	dentro de	inside of
cocina	kitchen, cooks	desde	from, since
colegio	high school	despacio	slow
comenzó	began	detalles	details
comerlas	to eat them	día	day
comida	food	dice	says, tells
comienza	begins	dijo	said, told
como	like, as	dime	tell me
competencia	contest	dio	gave
compra	buys	distancia	distance
comprende	understands	distintas	distinctive
con	with	dormir	to sleep
confundida	confused	dulces	sweets, candies
conocer	to meet, know	durante	during
consolar	to console	**E**	
constelaciones	constellations	edad	age
construir	to build	edificio	building
contenerse	contain herself	emocionada	excited
corriendo	running	empieza	begins
cosas	things	encanta	loves
costumbre	custom	enfermo	sick
creer	to believe	enseña	shows, teaches
cruzar	to cross	entendió	understood
cuarto	room	entiende	understands
cuesta	costs	entonces	so, then
cuidado	careful	entra	enters
cuidar	to take care of	entre	between, among
cultiva	grow, cultivate	envases	containers

equipo	team
eres	you are
escaparse	to escape
escenas	scenes
espacio	space
esperar	to wait, hope
esplendor	spendor
estos	these
estrellas	stars
estudia	studies
explica	explains
extrovertida	outgoing

F

fácil	easy
fascina	fascinate
felino	feline
fiebre	fever
forma	shape, form
fresco	fresh
fría	cold
frijoles	beans
frustrada	frustrated
fuego	fire
fuerte	strong, loud

G

gallinas	hens
ganar	to win, to earn
gente	people
gobierno	government
grita	yells
gritando	yelling
gusta	likes

H

ha estado	has been
hablaba	was speaking, spoke

hablando	speaking
hace	makes, does
hacia	toward
hambre	hunger
hasta	until
hay	there is, are
hijos	children
hora	hour, time
huevos	eggs

I

idioma	language
iglesia	church
iluminar	to illuminate, light up
indígena	indigenous
inmensa	immense
intercambio	exchange
interrumpe	interrupts

J

jaula	cage
jóvenes	young people
juega	plays
juntos	together

L

lago	lake
lancha	small boat
largo	long, length
lava	wash
lecciones	lessons
leche	milk
lee	reads
lejos de	far from
leña	firewood
llama	calls
llega	arrives
llegué	I arrived

llena	full, fills	mujeres	women
llevar	to wear, carry	**N**	
llévate	wear, put on	nada	nothing
libre	free, open air	nadie	no one
llora	cries	naranjas	oranges
llueve	rains	ni	nor
lluvia	rain	nieve	snow
lo siento	I'm sorry	ningún	none, no
lugar	place	ninguna	no way
luna	moon	manera	
luz	light, electricity	ningunos	no, none
M		noche	night
maestro	teacher	noticias	news
maíz	corn	nuestro	our
manera	way, manner	nuevo	new
más	more	nunca	never
mayor	older	**O**	
mayoría	majority	ofrece	offers
me encanta	I love	ojos	eyes
mediodía	noon	onzas	ounces
mejilla	cheek	orilla	bank, shore
menores	younger	otra	other, another
mercado	market	**P**	
mesa	table	páginas	pages
meses	months	país	country, nation
miedo	fear	palabras	words
mientras	while	pan	bread
mira	look at, watch	para	for, in order to
mirándonos	watching us	parte superior	top part
misma	same	pasar	to pass, spend
mochila	backpack		time
montañas	mountains	pasillo	hallway
montañosa	mountainous	pasó	spent, passed
motivar	motivate	peligro	danger
muelle	dock	peligroso	dangerous
muertas	dead	pertenecen	belong to

piden	ask for, request	recompensa	reward
piensa	thinks	recuerdas	you remember
piñas	pineapples	recuperando	recuperating
platos	dishes	regresa	returns
pobre	poor	revelar	to reveal
poder	power, to be able to	revistas	magazines
		ropa	clothes
pollo	chicken	rubia	blond
ponen huevos	lay eggs	ruedas	wheels
poner	to put	rústica	rustic

S

por lo menos	at least	sabe	knows
porque	because	saben hablar	know how to speak
premio	prize		
preocupado	worried	sacó	took out
presentarse	introduce oneself	sagrada	sacred
		sale	leaves
prestan atención	pay attention	salir	to leave
primero	first	saluda	greets
próxima	next	salvajes	wild
pueblo	village	salvó	saved
puede	can	sé	I know
pupitres	student desks	se abrazan	hug each other

Q

qué te pasa	what's up with you	se acostó	layed down
		se acostumbró	got used to
quería	wanted	e durmió	fell asleep
quetzales	currency of Guatemala	se encuentra	is found
		se enoja	gets mad
quiere	wants	se pone	becomes, puts on
quitar	to remove		

R

		se preocupa	worry
raro	wierd, strange	se puso	became, put on
recibir	to receive	se quedó	remained, stayed
reciclar	recycle	se sienta	sits down
recoge	collect, gather	se sorprende	surprised
		seguro	sure, secure, safe

semana	week	traer	to bring
señala a	points, indicates	triste	sad
sendero	path, trail	**U**	
sentada	seated	última	last, final
si	if	única	only (one)
siempre	always	unos de otros	each other
siglos	centuries	útil	useful
silla	chair	**V**	
sin	without	vacas	cows
sino	but instead	ve	see
síntomas	symptoms	vecinos	neighbors
sobre	about, over	ven acá	come here
sol nocturno	nocturnal sun	ven conmigo	come with me
solamente	only	vendedores	sellers
solo	alone	ventanas	windows
sonido	sound	verdad	truth
sonrió	smiled	verduras	vegetables
sonrisa	smile	verlas	to see them
sorprendida	surprised	vez, veces	time (instances)
sube	climbs, goes up	vi	I saw
T		vio	he/she saw
también	also	viajar	to travel
tan	so	viaje	trip
tanto	so much, as much as	vida	life
		viejo	old
tarea	homework	viene	comes
té	tea	viento	wind
tiempo libre	free time	vistas	views
típicos	typical	volcanes	volcanoes
toca la puerta	knock on door	voz	voice
tocó	touched, knocked	**Y**	
		ya	already
todavía	not yet	**Z**	
todos/todas	all	zapatos	shoes
tomar	to take, to drink		
trabajo	work, job		

Other books by Virginia Hildebrandt

LOS SUEÑOS DE XÓCHITL is the sequel to this
book, following Xóchitl's journey between two worlds
as she meets her biggest dreams head-on.
10,000 words / 96 pages / 10 chapters

One **Good Story**

Problems with mean girls at Roselawn High School, brushes with racism and learning English all pale in comparison to what is going on back in Guatemala, where deadly attacks endanger the lives of everyone she loves.

A vivid dream, the words of a wise jaguar, the wisdom of Mayan ancestors and, the clues to find the lost temple of B'alam give Xóchitl the secret that may be the key to defeating the horrible predators… if only she can get back home in time!

LOS SUEÑOS
DE XÓCHITL
(sō-cheel)

By Virginia Hildebrandt

ISBN 978-0-9967742-2-2

Soy Lorenzo is written in natural past tenses and is designed
for intermediate-mid readers, students with three or more
semesters of language exposure or heritage Spanish learners.
6500 words / 50 pages / 10 chapters

One **Good Story**

Soy Lorenzo is a magical coming-of-age story of a boy living on
the Miskito Coast of Nicaragua. This culturally based story offers
insight into the changing reality of indigenous youth through
his adventures of self-awareness and quest for life purpose.

As the angry shrieks of his mother's voice jar Lorenzo awake, he becomes
painfully aware of the beating that his body had endured the night before…
an incident that he cannot remember. Tortured by the unknown, Lorenzo
cannot rest until he figures out what happened. In his search for answers
he finds himself entwined in the sacred legends of his ancestors, when a
chance encounter with a mysterious stranger changes the path of his future.

ISBN 978-0-9967742-0-8
1goodstory.net

ISBN 978-0-9967742-5-3